母親の偏愛は息子を不幸にする

小川 久美加

文芸社

目次

一　出会い

一九六〇年、春。会社の人事異動で、彼が米子の本社から私が勤務する生田支店に転任してきた。

運命というのだろうか。彼が転任してきた時点から、私はなぜか彼に興味と好感を持った。だが、この時私の前に現れた彼の存在が、のちのち将来にわたって私の生涯を左右する運命の出会いになり絆になろうとは、もちろん予測できなかった。

毎年五月四日に、三朝温泉恒例の伝統行事、花湯まつりがあり、〝陣所〟という綱引きが行われる。藤カズラで編んだ雄綱と雌綱の二本の大綱を、温泉街の中央で組み合わせ、東西に分かれて引き合うものらしい。

この年も職場の同僚数人で見物に出かけたあと、彼の誘いに応じて、何人かで彼の家に行き、飲んで騒いだあと、私は彼の言葉に甘えて彼のバイクで家まで送ってもらった。

二人ともアルコールが入っていたし（この年の六月に飲酒運転が禁止された）、時間も遅かったので、自然の成り行きで彼は私の部屋で寝こんでしまい、この夜、二人は初めて運命的な結びつきを持った。

それは私にとっての宿命的な出来事になったことは否めないが、私の中ではこの時の具体的な記憶は薄れている。つまりこの時点では、彼が先々にわたって、共にかけがえのない存在になろうとは想像もしていなかった。

この年の秋口、台風の影響で風の強い土曜日の午後、彼と私は夕方近くになってふと思いつき、米子の皆生温泉に行くことに決めた。十八時四十分の下り列車に乗り、米子駅で列車を降り、バスで皆生温泉まで行き、「うらく荘」に入った。

旅館での彼は仲居さんとの応対も馴れたもので、世間知らずの私は何も口を挟めず、ただただ彼の後に従っていた。

私は、この夜の彼には魅了された。激しさの中にもやさしく包み込んでくれる抱擁力、肌のぬくもり――彼の中では遊び馴れた自然の行為だったのかもしれないが、私はあの陣所の夜には感じなかった情事の機微の深さを味わった。

それは単なる男女の交わりを云々するのではなく、肉体の歓びの表れでもなく、まさに二人の心が溶け合ったと感じた陶酔感だった。

この夜の結びつきで彼との絆を運命づけられたのかもしれないと、私は後になってしみじみ思った。

それから五か月経ち、彼の宿直当番の夜、職場の応接室で、夜遅くまでしみじみと二人で真剣に話し合った。

彼は米子時代に交渉のあったバー勤めの女の人との関係が絶ち切れず、彼の母親の心配を余所に、米子まで行って泊まってきていたとか……同期入社のB子さんとは、恋人らしき付き合いだった由。

本社に在籍中も女子社員に人気があり、いろいろ贈り物をしてもらったり、デイトに誘われたり、主に年上の人から好意を寄せられていたらしい。

これらの打ち明け話を淡々と語る彼の口調には、自分がもてたことへの驕りや嫌みはまったく感じられず、この夜しみじみと語る彼の話には浮わついたところはなく、私に訴えかけているようにも感じられた。

そして彼の中には、そんな自分の行状に対する悔恨の情も窺えた。

こうして彼自身の口から、直接具体的に打ち明けられ、しかも彼が心底から願っているのは、「そんな今までの不行跡を精算して、心から好きになれる人に出会い、その人と相思相愛の仲になり、生涯を共にできる人を求めているんだ」と聞かされた。そしてさらに、

「こんな思いの僕の相手に、なってくれんだろうか」

と、真面目な顔で真剣に私に訴えかけた。

これまでに私の耳に入ってきている彼の行状に関する評判は、決して好感の持てるものではなかったが、過去は誰にでもあるものだ。だから私はそんな風評はあまり気にしていなかったし、今彼の口から真実を聞かされても、彼を非

難したり誹謗したりする気にはまったくなれなかった。

周りから見ると、自由奔放に人生を満喫してエンジョイしているように見えた彼の行状も、彼自身は幸せを感じていなかったようだ。

本社でどんなに大勢の女の人に好意を寄せられていても、また上辺だけの情事を重ねる相手があっても、心はいつも満たされていなかったのだと、彼の述懐を聞いて私はしみじみと思った。

そして私は、そんな彼が無性に愛おしく、抱きしめてあげたい衝動に駆られた。

彼と私は結ばれてから五か月間、二人で親密な行動を共にしながらお互いを観察し、愛を膨らませてきたようで、彼にしたら満を持しての今日の告白だったのかもしれない。

二　愛の始まり

彼から告白された時には、私も彼を愛の対象として見つめるようになっていたから、彼の気持ちに感激して胸の熱くなる思いだった。

そして何より感動したのは、彼が望む理想の結婚相手として、また愛の対象として、私を求めてくれたことだった。それが私にとってこのうえなくうれしく、彼への愛がいっそう深まり、一人の男をこんなにも一途に愛せるものなのかと、私自身驚くほど彼に執着していった。

こうして愛を確認し合ってからは、私に対する彼の愛にもやさしさと真剣さが加わり、彼には私が、私には彼が必要で、お互いになくてはならない存在になり、常に一心同体だった。

彼から告白され愛を確認し合ったあの日から間もない頃、急に二人で思いつき、彼のバイクに二人乗りして関金温泉に向かった。目指すは、関金温泉にある「H旅館」。二人は途中、関金行きの最終バスを追い越し、夜の国道313号線をひた走った。

この「H旅館」はその後も二人にとってなくてはならない憩いの場になり、契りの宿になった。楽しい時は歓びを、辛い時は悲しみを共に分かち合い、二人の愛を育んだ忘れることのできない愛の園だった。

日を追うごとに絆を強め、温め合った二人の愛。私は彼の愛を一身に受け、愛されることの喜びを、愛することの幸せを、常に彼から教えられた。

やがて年末になり、会社業務の終了時間は深夜に及ぶことも多く、遅くなりついでに夜明けを待って、初詣でをすませてから帰宅する人もいた。

この年の年末、二人は十一時を過ぎた夜半、私の家まで歩いて帰った。

大晦日の夜、二人はベッドの中で寄り添い、枕元のラジオから流れる除夜の鐘の音を聞きながら、新年のあいさつをキスで交わし合った。

愛し合う二人がお互いの腕の中でとろけるような陶酔感に浸りながら、幸せを味わいつつ、新年を迎えた。

私はこの喜びが生涯続くことを願った。

三　苦難の始まり

彼のプロポーズともとれる愛の告白以来、二人は結婚を前提とし恋人同士として付き合っていたが、若い彼を結婚という型に嵌《は》めて束縛したくなかった。近々急いでけじめをつけようとか、結婚に対する焦りもなかったが、さりとて二人の中では各々余人との結婚はまったく考えられないことだった。

しかし、そんな二人の思いを余所に、私の母親の立場からすれば、不規則な生活を送っている年頃の娘の結婚が気にならないはずはない。親戚や知人から次々と縁談が持ち込まれ、見合いをすることになってしまった。私は承諾したつもりはなかったが、いつの間にか断り切れない破目に追い込まれていた。

とにかく見合いだけなら、と受けてしまったが、これが二人にとって苦悩の始まりだった。

着々と具体化していく私の見合い話の進展に、私より彼がいっそう焦った。彼の顔には日に日に苦悩の色が濃くなり、私と一緒にいても終始不機嫌で、日を追うごとに焦燥感が増していった。

そんな中、彼の母親が私に会うべく本泉から出てきて、彼を交えて三人で会った。

彼の母親は私を前にして挨拶もそこそこに、

「息子の嫁として迎えたいから、今そちらで起きている縁談を断ってほしい」

と、単刀直入に切り出した。

そしてその足で私の家に行き、私の母にもその旨を申し入れた。

それは正に親から親への申し込みだったから、私と彼は単純に喜び、彼の母親に感謝もした。

彼の母親が私を嫁にと申し込みに来たことで、私の家では今回縁談を持ち込んでいる叔母も交えて、彼と私の結婚について長時間にわたって話し合いが続いた。

話の焦点は、彼の人間性より、彼の母親の人格に及んだ。

彼の家の程近くに私の父方の親戚があり、そこの家と今回の叔母とは深く交流がある関係上、彼の母親の人柄を知り尽くしていた。

「とにかく気難しい人らしいから……」

と、彼との結婚には強硬に反対した。

私の母もその話を聞いて、母親の立場上、私と彼の母親との折り合いを考え、

彼との結婚に難色を示した。私の父親だけは、

「母親と結婚するわけではないし、重要なのは本人同士の気持ちではないのか」

と、理解を示してくれた。

二人の結婚の時期は、彼の姉が片づいてからということだったが、双方の親の同意を得られた今、不満も焦る気持ちもまったくなかった。二人の愛はますます高まっており、今が最高に幸せだったからだ。

しかし、そんな二人の幸せな思いも長くは続かなかった。


ある日、まったく突然に彼の母親が私の家を訪れた。

彼の母親は庭先にいた私の母に近づくなり、挨拶もなしに、「子供たち二人の結婚の約束は、なかったことにしてほしい」と、理由も言わずただそれだけを一方的に告げ、さっさと帰って行ったらしい。

そのことを私に告げるべく、勤務中の私の元にかかってきた母の電話の声は、ひどく興奮し怒りに震えていた。

取り乱した母の様子から察して、私は話の内容よりも、彼の母親の不遜な態度が窺え、怒りとショックで頭の中が真っ白になった。

当然、彼も承知のうえだと思ったから、私の怒りは彼の母親にというより彼に向けられ、彼に対する不信感と、彼との結婚に対する絶望感を抱いた。

幸か不幸か、彼はこの時、仕事で先輩をバイクに乗せて隣村まで行っていた。私は口を開けば怒りが爆発しそうで、仕事が退けるまで、彼と口を利かなかった。

隣村から戻ってきた彼は、理由がわからないままに私の様子が気になり、執拗に聞いてきた。だが私は、

「帰ってお母さんに聞いたら！」

と突っぱね、引き止める彼の手を振り払い、彼を残して帰ってしまった。

しばらくして家に帰り着いた彼から私の家に電話がかかってきた。彼がいくら問い質しても、彼の母親は破談の理由は疎か、私の家に行ったことすら何も話さなかったらしい。

「頼むから、何があったのか聞かせてくれないか」

電話口の向こうで私に訴える彼の声は哀願に近く、泣き声だった。

頑なに語らない彼の母親の真意が私にはとうてい理解できなかったが、彼は本当に何もわからず、ただただオロオロしている様子が汲み取れた。

私は彼が気の毒というより愛おしくさえ感じられ、仕方なく事の顛末《てんまつ》を話した。

彼は流石に驚いた様子で、

「そんな母親はもう親と思わない！　自分はまったく知らなかったことだから、許してほしい」

と、涙声で訴え続けた。

彼の悲痛な声を聞いているうちに、彼への不信感は消え、私の愛する彼をこんなにも苦しませる彼の母親の仕打ちに、私の怒りは一方的に向けられた。

「明朝、いつものバス停でバスを降りて待っているから、いつもの時間に必ず出てきてほしい」

と、彼は涙声で繰り返し言った。

彼の気持ちは痛いほど伝わってきたから、私の怒りも少しは和らいだが、明日からの前途を考えると心は暗かった。

彼の母親に対する怒りと、彼への愛情とのジレンマの中で、眠れぬままの長く苦しい夜を過ごした。

翌朝、私は心の動揺を母に気づかれないように振る舞い、いつもどおりに家を出た。

彼は橋を渡って〇町まで来て私を待っていた。そして私に気づくと、思い詰めた表情で心配そうに私に近づいてきた。

昨日は気まずい雰囲気のまま別れた二人だったし、事の真相を知らされた彼のショックは大きく、私同様、眠れぬ夜を過ごしたのだろう。彼の顔は苦渋に満ちていた。

二人とも仕事に行く気はなく、暗黙のうちに人通りの少ない山手のほうに向かっていた。

彼は人目のないのを確認すると立ち止まり、

「出てきてくれないのではと心配で堪らなかった」

と言いながら、私の顔を凝視して涙ぐんだ。

二人は思わず抱き合い、貪るようにキスを交わした。彼は何度も何度も私を抱きしめ、頬ずりしては口づけを繰り返した。

そんな中でも私は、彼の母親から受けたショックが大きく、心の震えは容易に治まらなかった。

その後も沈痛な面持ちで無言を続けていた彼が、おもむろに重い口調で言った。

「……東京に行こうか」

彼の母方の叔父が東京に在住しているらしかったが、そこまで思い詰めている彼が、私は堪らなく愛おしく思えた。

それだけに今、一時の感情に駆られて彼に駆け落ちなどさせたら、彼のこれからの長い将来に汚点を残すことになる。たとえこの先、彼と別れることになるとしても、私のせいで彼の人生を誤らせてはいけない。

駆け落ちだけは思い止まるよう、私は泣く泣く必死で彼を宥《なだ》めた。


その日、二人の辿り着いた先は、やはり「H旅館」だった。

宿に着いても二人の心は重く、部屋に入るなり急き立てられるように抱き合って泣いた。

二人がこんなに悲しい思いをするのも、彼の母親のせいなのだと、彼の母親の仕打ちを恨む私。母親の独断行為に怒りを覚えながらも、自分に免じて許してほしいとひたすら謝り続ける彼。二人は同じ言葉を繰り返しては、行く末の結論を得ないままに、胸の鼓動を確かめ合いながら抱き合って泣き続けた。

二人がこんなに愛し合い、お互い満足し合っていることを、彼の母親はなぜわかってくれないのだろう。婚約破棄の理由を聞かせてもらえないから、彼も私も打開策を見出せなくて苦しんでいる。

私は考えたくなかったが、あの時点での彼の母親からの結婚の申し込み、それ自体が疑問で、あの当時苦しんでいる息子を助けるための一時的な策略だったのだろうか。ゆえに、破棄の理由などないのだろうか。

もしそうなら、今になってわざわざ撤回しにこなくても、そのまま騙し続けてくれればよかったのに、とさえ思った。

婚約破棄宣告さえなければ、婚約したままの状態で何年待たされようとも、よしんば結婚できずに終わることになったとしても、二人の今の楽しい日々はずっと続けられていたであろうに、と誠に恨めしい。


あくる日の朝が来ても、二人とも帰る気にはなれなかった。

これからの日々を思うと、別れの恐怖感が余計に二人の絆を強め、なかなか離れられなかった。

「H旅館」での二日目の夜になって、彼に送られて私は家に帰った。

「明日また会社で会えるのだから」

そう慰め合って別れたが、二人は愛を確かめ合っただけで、別れなくてすむ手段は何一つ得られていなかった。

二人の婚約を一方的に、しかも理由も言わずに断ってきた彼の母親に対して、私の母も不信感を増幅させていた。それゆえ私の母は反動的に、いったん断っていながら諦めていなかった先の見合い相手との再縁話を急遽進めてしまった。

私には多分の抵抗感があったが、一方では、母親に逆らえない彼に期待するのは絶望的だとも感じていた。そして何よりも、彼の母親への反発心と、私自身の意地も手伝って、見合い相手への返事を曖昧にしてしまった。

それからは仲人の仕切る見合い相手A氏との結納の日取りが決まるのも早かった。

結納の当日、儀式が終わってから、私は今日のことを彼にどう話そうかと長い間悩んだ。

彼が結納の事実を知れば、私から離れていくだろうか、それはそれで仕方がない、と私自身は諦められるのか。いっそ今日のことはなかったことにするべきか、いやいや結納を取り交わした以上、彼との愛の生活をこれまでと同じようには続けられないだろう、などと悩む。

やはり彼には真実を話すべきではないかと私はさんざん悩んだ末に、この重苦しい空気を払拭したくて、恐る恐る彼に結納の事実を告げた。彼は黙って私の話を聞いていたが、なかなか信じられず、本気にできなかったようだ。そしてしばらく考え込んだ末に事の重大さに気づき、急にひどく慌てて、嫌がる私から見合い相手のA氏の素性をあれもこれもと強引に聞き糾《ただ》した。

この時から彼の苦悩はいちだんと深刻化した。

「なんとか考え直してその人との婚約を反故にして、僕と一緒になってくれ！　僕がこんなに苦しんでいるのに、自分だけ幸せになればいいのか！」

と、涙を滲ませながら強い語調で私に詰め寄った。彼の表情は悲しげで、私の心は激しく痛んだ。

一方では、二人がどんなに深く愛し合っていても、彼の母親の反対を押し切り、彼の母親を泣かせてまで結婚しても二人は決して幸せにはなれないだろうと、私は真剣に考えていた。

彼の母親による婚約破棄宣言がなければ私の縁談も進展することはなかったはずだし、その事実は彼自身もよくわかっているはずなのに、私ばかりを責め立てる彼だった。

しかし、こんなにまで私に執着する彼のことが愛おしくもあり、せつなさでいっぱいだった。反面、彼の母親に対する怒りが改めて込み上げてきて、このジレンマの中で私は苦しんでいる。


それからというもの、私の言動は常に彼の監視下にあり、私の身辺に生じた出来事は公私を問わず、すべて彼に報告するよう命じられた。

私としてもそんな彼の気持ちを迷惑に思うはずもなく、彼の苦しみを刺激しないためにも、私はできる限り彼と一緒の時間を過ごすようにした。

彼は仕事中でも思い詰めた様子で、私を二階の更衣室に誘って、

「別れたくない、どうしたらいいいんだ！」

と、怒りと悲しみの入り混じった暗い表情で涙を滲ませながら、私に縋《すが》るこ

とがしばしばだった。

宿命に翻弄されたとはいえ、こんなに愛おしく思っている彼を見捨てて、好きでもない人と結婚させられようとしている私は、寝床に就いても彼の悲しそうな顔が脳裏に浮かんで、悲しくてせつなくて堪らない。

二人とも別れたくないのに、どうしてこうなってしまったのか。

私は毎夜寝つかれないままに、十一時も過ぎた深夜、声を潜めて彼に電話する。

泣きながら話す声は言葉にならず、電話口の向こうで慰めてくれる彼の声もまた涙声だ。

私にはそれが余計に悲しく、受話器を握ったまま声を殺して忍び泣く。

私の嗚咽がやむのを待って、やさしく慰めてくれる彼。

昼間は私の不実を詰《なじ》って、「考え直してくれ！」と泣いて縋る彼に、「宿命には逆らえないから諦めよう」と気丈に諭しながら、夜はこうして彼に救いを求めて悲しみを訴える私。

こうして彼と私は、愛のしがらみの中でもがき苦しむ毎日で、思えばなんともせつない二人だった。


この頃だった。

彼に泣きつかれてのことか、あるいは身近にいて彼の苦渋を見かねたうえの親心からか、彼の母親が一人で私の家に向かっていると彼に告げられ、私は慌てた。

「二人を再度、結婚させてやってほしい」と伝えにいったということだが、いまさら彼の母親が何を言ってこようと、事ここに至っては私の今の縁談が覆るとはとうてい考えられないこと。ましてや一方的に婚約破棄を宣告してきた彼の母親に対して悪感情を抱いている私の母が会えば、彼の母親が惨めな思いをするだけに違いない。

私がそう話すと彼は納得し、急いでバイクで私の家に向かった。そして彼の母親が私の家の入り口に到着した時点で、母親同士が顔を合わさないうちに、彼の母親を無事に連れ戻すことができた。

そんな中にあって、彼が結婚したい相手として私を父親に紹介しようと考えた彼は、嫌がる私を無理やり彼の家に連れて行った。

考えてみれば、二人の結婚にまつわる話の中で、そして、あれだけねじれ二人を苦しめた経緯の中で、私が彼の口から父親という言葉を聞かされたのはこの時が初めてだった。彼の父親については、何をしている人かどんな性格の人か、これまでに聞いたことがなかった。

したがって彼の父親と私はいかにもぎこちない初対面だった。

彼の父親は、彼と私がどんなに深く愛し合っている仲なのか、お互いにどれだけ必要な存在であるかなど、彼や彼の母親からまったく聞かされていなかった。

ましてや、「息子の嫁に迎えたいから……」と、彼の母親から私のみならず私の親にも正式に結婚の申し込みがあったにもかかわらず、それを日ならずして彼の母親の独断行為で一方的に破棄してきたこと。そのうえ後日、また独断で、再度の復縁の申し入れに私の家まで来たこと等々……、彼の母親が二人の結婚に関してこれまでいかに深く関わってきたか、その経緯を、彼の父親はいっさい知らされていなかった。

私と彼の口からこれらの事実を知らされた彼の父親は、非常に驚き、それまで項垂《うなだ》れて聞いていた顔を上げると、

「すべては妻の独断行為で……」

と前置きしたうえで、私や私の親の気持ちを傷つけたことを深く詫びた。

そのうえ、私に別口の縁談があり結納も済んでいることを話すと、彼の父親は苦渋に満ちた顔で、

「事態がそこまで進んでいては、どうにも手の打ちようがない」

と嘆いた。

彼は父親の傍で、「どうにかしてよ！」と哀願し続けた。

一方、彼の母親は終始無言で、その態度は私を拒絶する意思を露骨に示していた。

息子の一生に係わる重大事を、息子の父親であり自分の夫でもある人に相談

することもなく、自分の思惑だけで、独断で進めてきた母親。

そんな母親に全面的に依存し言いなりになって、自分と私との尊いえにしが裂かれようとしている今日まで、父親には事の顚末を何一つ話していなかった息子。

この母親と息子の真意が私にはどうしても理解できず、彼の家の家庭環境の複雑さと奇妙さが窺え、彼との結婚に対して私の絶望感は深まった。


さらにこのところの彼の苦悩は相当深刻さを増していたようで、自分の立場や結果を顧みず、私と結婚の決まっているA氏に無謀にも直接電話して、私との結婚を諦めてほしいとお願いしたらしい。一つ間違えば彼自身の名誉が傷つくことになったかもしれないのに、彼も必死だったようだ。

A氏には電話の相手が誰かわかっていたようだが、反応は何もなかった。

この件といい、先頃の彼の母親の行動といい、常軌を逸しているとしか思えないが、私を想う彼の心情を察すれば一概に彼を非難できない。さりとて褒める気にもなれず、私の気持ちは複雑だった。

私が会社を辞めてからでは外泊はより困難になるであろうと、これが最後になるやもと、思い出の深い「うらく荘」に行った。

昼間は周囲の雑踏に紛れ、また仕事の煩雑さに追われて脳裏から払い除けられている別れの恐怖が、夜の静寂とともに目の前に迫ってくる。本来なら二人で幸せに過ごすはずの旅の夜なのに、二人一緒にいても心は満たされず、眠れないままに朝を迎えた。

本意ではないにしても、二人の愛に区切りをつけようと、最後のつもりで行った旅。それなのに愛し合うほど余計に別れが辛くなり、未練が増して、せつなさの残る旅となった。

翌日の夕方、倉吉に帰ってきてレストランで夕食をすませた。だんだん夜が更けていく中、二人はどうしても離れられず、彼の要望に応じて三朝行きの最終バスに乗り、彼の家に行った。

彼が自分の部屋から持って下りた丹前をオーバーの上から羽織り、足元まで覆って、足音を忍ばせて階段を上がっていく。家人の目を盗んでドキドキしながら彼の部屋に入り、しばらくは動悸が治まらなかった。

日頃は母親に布団を敷いてもらっている彼が、この時は慌てて自分で敷き、母親が彼の部屋に上がってきた時には着替えも済ませて澄ましていた。私は押し入れの中に隠れて、襖の隙間からそんな彼の仕草を微笑みながら見つめていたが、不思議なことに彼と母親との会話がまったくなかったことに気づき驚いた。

私は、この夜は何も考えないで彼の温かい肌の温もりに包まれ、彼の腕の中で胸を重ね、幸せを感じながらぐっすり眠った。

翌朝は寒さもいちだんと厳しく大雪だった。

二人の苦しみに拍車をかけるように、彼の母親の来訪以来、私の母が彼の存在をひどく気にしはじめた。そして私が一日も早く会社を辞めるよう、私を再三促した。

彼との別れを予感しながらも、挫けることなく過ごしていられるのは、出勤さえしていれば、毎日彼と会えるからだ。私にとって会社を辞めることは、このうえなく辛い。

だが母は、退社を躊躇《ちゅうちょ》している私に、「いつまでも彼と付き合っていて、この縁談に水が入るようなことになったら、お母さんは首を括る破目になるやもしれない」とまで言った。

この時の母には緊張感が漲《みなぎ》っていて、首を括る云々と言った言葉にもまんざら脅しとはとれない威圧感が感じられ、この緊迫した雰囲気の中では私が口を挟む余裕はなかった。


私が会社を退職した日、彼と割烹「大山」に行った。

せっかくの美味しい料理を目の前にしながら、彼は絶えず「別れたくない！」と言い続け、私をさんざん困らせた。そして、彼が強く望むので、私は目の前に浮かぶ母の顔に向かって詫び言を呟きながら、しぶしぶ「H旅館」に同行した。

この夜の彼には、追い詰められた獣が追っ手に逆襲するような、激しく必死なものがあった。彼の身にのしかかっている今の苦しみを、彼の心を押し潰しているそのすべてのうっ憤を、私にぶつけてきた。助けを求めてきた。

それで彼の気持ちが楽になるのならと、私は彼のその苦しみを、その激しさを、全身全霊で受け止めた。それは肉体の歓びを超越した魂の震えでもあった。

私はこの夜、彼から一生逃れられない刻印を心の奥深くに押されたのだと、宿命的なものを強く感じた。

とはいえ、二人にとって今遭遇している運命が好転するとは考えられず、私自身が彼との絆を引きずって生きていく予感があった。

こうして関金での最後の夜は、予期せぬ以上に朝の来るのが早かった。今日からはこれまでのように毎日会うことはできないのだと思うと、悲しくて、せつなくて、二人とも離れたくなかった。

私の家では昨夜連絡なしで帰らなかった私を案じて、母が朝になって会社に出勤しているはずの彼に電話し、私の昨夜の行動を尋ねていた。

私が退職してしばらくしたあと、口実を設けて二人で打ち合わせ、レストランで久しぶりに会った。その時、彼は近くのテーブルで仲良く楽しそうに食事をしているアベックに苛立ち、「そっちを見るな！」などと声を荒らげて、私に当たり散らした。

私は彼の気持ちが痛いほどわかっているだけに、堪らず泣いてしまった。彼も一緒に泣いた。

たまにしか会えなくなった二人が、やっとこうして会えたというのに、なんとせつなく悲しい逢う瀬だったことだろう。

それから数日経って、私が在職中に関わっていた仕事の件で会社に電話した際、彼が風邪を引いて欠勤していると聞き、彼の容体が気になって電話した。

「家に来てほしい」

と、弱弱しい声で彼に頼まれると、私は居ても立っても居られず、すぐに彼の家に向かった。

彼の母親と姉が庭先にいたが、今の私の立場では挨拶のしようがなく、半ば無視して勝手知ったる彼の部屋に上がった。

彼は床に就いていたが、私の顔を見ると感激して、涙を流して喜んだ。そして熱があるというのに、私を床の中に招じ入れて力いっぱい抱きしめた。

私は自分のせいでこんなに思い悩み、熱まで出して苦しんでいる彼が堪らなく愛おしかった。

二人は長い間抱き合ったまま、諦め切れずに泣きながら慰め合った。

彼と私はその後も諦め切れないままに、二人が別れなくて済む方法を模索して八方手を尽くした。

彼の母方の遠縁に当たる人が私の婚約者のA氏と知己の仲と知り、できるだけA氏を傷つけないで私との結婚を諦めてもらえる方法はないものかと、A氏の性格や生活状況などについてお知恵を拝借できるかもしれないと、藁をも掴む思いで相談した。

近くの喫茶店で会ったその人は、私と彼から今までの経緯を詳しく聞いたうえでしばらく考え込むと、「早い時期に二人が駆け落ちすること」を勧めてきた。

彼も私もその人の考えに同意して、家出を前提とした打ち合わせをしようと彼の家に寄った。だが、彼の母親は私の顔を見るなり、「すぐ帰るように！」

と、強い語調で私を追い立てた。

彼は近くの喫茶店で話そうと引き止めたが、私は彼の母親の冷ややかな態度に反発心を煽られ、彼の制止を振り切って、折から来た倉吉行きの最終バスに飛び乗った。

彼が以前、東京への駆け落ちを執拗に主張したあの時は、彼の将来を考えて思い止まるよう諭した私だったが、二人を取り巻く現況は、あの時以上にどうにもならないところまで切羽詰まってきている。

二人の愛を貫くためには、家出を躊躇している余裕はなかった。

誰にも邪魔されずに秘密裡に実行しなければと、二人は綿密に計画を練った。

そのうえで私は最小限の荷物をまとめ、日が暮れるのを待って、家から少し離れた池の小屋にこっそり運んでおいた。

幸い家人に見つかることはなかったが、彼からの連絡を待つ間、私の胸は期待と不安で今にも張り裂けそうだった。

そんな中、彼からもたらされた言葉に、私は脳天を叩きつけられるほどの強い衝撃を受けた。

「母親に止められたから、家を出るのはもう少し考えよう」

電話口の向こうで、彼は震え声でこう言ったのだ。

張り詰めていた私の決心は一瞬にして砕け、絶望感に打ちのめされ、しばらくは動くこともできなかった。

関係のない人まで巻き込み、自分たちもあれほど悩み苦しんだ末に、最良の策として得た究極の結論だったのに。

そして、このことは二人だけの秘密で、ことさら彼の母親には絶対知られないようにしようと、あれほど念を押して約束したのに……。

二人の命がけの決心を母親に打ち明けてしまった彼の優柔不断さが、このうえなく悲しく、恨めしく、持っていき場のない怒りが込み上げてきて、頭の中で爆発しそうだった。

彼の将来を危ぶんでの彼の母親の思惑だったのだろうが、そのことは彼自身も考えた末の、しかも初めから覚悟の上での家出の決断ではなかったのか。それを母親に説得されたからと安易に母親に従ってしまう彼に、これ以上望みを繋ぐのは所詮無理だったようだ。

彼の甲斐性のなさは常々痛感していたが、それでも彼を諦められない私だった。

この時こうして家出を止まった結果、私は意に添わぬ結婚を強いられることになった。

そしてこの瞬間に、私の運命は彼と彼の母親によって大きく変えられた。たとえ思惑違いだったとしても、結果的には彼が私を他の人との結婚に追いやったのだ。

この時、彼が私を連れて逃げていたら、その後の私の運命も変わっていたであろうし、二人の人生も別のものになっていたであろう。

私は考えた。

どうして何度も何度も彼の母親によって運命を左右されなければならなかったのか。もしかして、私に対する彼の母親のこれまでの仕打ちは、息子に対する母親の独占欲の表れで、私の存在が邪魔で、彼から私を引き離したかったためだろうか。

親子の結びつきには、反面、親のエゴが伴う。その一途な親心は理屈抜きに純粋なのだろうが、自分の思いが本当に子供の幸せに繋がっているかどうかには思い至っていないらしい。

彼に対する彼の母親の愛は、盲目的な溺愛で、彼は彼で私の気持ちを無視していても、母親の意思を尊重し、全面的に母親に依存して、そんな母親の偏愛に充分応えていた。

私はそんな彼に懸念を抱きながらも、惚れた弱みで自分の甘さ、自分の愚かさをあざ笑いながら彼に従い、彼と一緒に転んできた。

考えてみれば結局、この親子の捩《ねじ》れた絆の中に、私の入り込む隙はなかったということのようだ。

四　究極の決断

焦れば焦るほど思いが空回りして、徒《いたずら》に日が過ぎていった。結婚を阻止する手立てを得られないまま、式の日取りが迫ってきて、私は毎日胸が潰れそうで苦しかった。

そんな中、式の数日前になって、彼の母親が自分の都合の良い案を提案してきた。

私の親を安心させるには、また納得させるには、彼は動かず、私が式だけを挙げてすぐ家を出る案だった。

以前は二人の駆け落ちを強硬に反対した彼の母親だったのに、今案のように私一人の家出で私だけを悪者にしておけば彼の立場は安泰だし、二人は別れなくてすむとなれば彼も納得するだろうと考えたに違いない。

二度にわたって結婚の申し込みに来たこと、それを独断で破棄しに来たこと。そして二人の命がけの駆け落ちを阻止したこと。これらすべての件に、彼の母親は大きく関わってきている。

彼と私が幸せを求めて前進しようとするたびに立ち塞がり、ことごとく打ち砕いてきた人だから、今回の案もこの母親なら容易に考えついたはずだと私は思う。

もっとも、彼の母親にどんな思惑や打算があったとしても、彼と一緒に暮らせるのならと、私はただそれだけを望んで、彼を信じて従った。

その後も彼は私の家に毎夜電話をしてきた。

「今なら間に合う。すぐ家を出よう」

泣きながらそう哀願する彼の声は、私の耳の奥底にいつまでも半鐘のように響いている。

この期に及んで家出を促すくらいなら、なぜあの時、決行してくれなかったのか。いまさら嘆いてもどうにもならないのに……と、泣きながら諭す私だった。

そして結論を出せないまま、二人は泣きじゃくりながら声を詰まらせ、それぞれ黙って受話器を置く。

私の実家の隣町に住むMさんは、私が在職中に世話になった方で、彼ともども懇意にしている。今回の私の家出に当たっても極秘裏に陰ながら力添えをしてもらった。

家出を決めた日、彼が買ってきた柳行李に入るだけの必需品を詰め込み、彼の名前で鳥取駅留めの日通便で発送した。

どうにか家出の荷造りはできたが、張り詰めた私の胸は苦しくて苦しくて、今にも張り裂けそうだった。


上り列車を鳥取駅で下車し、タクシーを拾って、彼に教えられていた井川家に着いた。

井川家の玄関を入ってすぐ左手の広い階段を上ると、突き当たりにある踊り場の右手に部屋の入り口があり、そこを入った六畳一間の和室がこれから先、彼と私が一緒に暮らすつもりの、いわば二人の新居だった。

天井からぶら下がった裸電球と、家主宅の所有物と思われる大型の座卓一台のほかには何もない部屋に自分の提げてきた荷物を下ろすと、私は極度の疲労感に襲われた。手荷物を少なくするために着物を何枚も重ね着して着膨れした格好のまま、暮れて薄暗くなった部屋で電灯も点けずに座り込んでしまった。

一列車遅れて着いた彼の顔を見たら、私は張り詰めていた緊張感が一気に緩んで涙がどっと溢れ、同時に、親に背いている罪の意識と、家出人の我が身が人目につかねばいいがと思う不安で、胸が押し潰されそうだった。

寝具店で布団一式を買った。布団代は彼の母親が出してくれたと聞いたが、この母親に対して悪感情しか持たない私の気持ちは複雑だった。

親の心に背いて傷つけ悲しませた罪を心から詫びている私だけど、彼との愛を貫くために家出をしたことは微塵も後悔していない。

私は、親や周りの人を傷つけたことへの懺悔の気持ちと、愛を貫いた充実感との葛藤の中で苦しみながら、明日から始まる彼との生活に夢をかけ、余計な事は極力彼方に押しやって、この夜は彼の温かい腕の中で眠りに就いた。

家主の井川家の奥さんの話では、この家を借りた目的は私が実家ではできない稽古事を始めるためで、住むのは私一人だと聞いていたらしい。それなのに彼が二晩続けて泊まったことで、奥さん方に訝られ、好奇と猜疑の目を向けられた。

私の家出に関する案件は、彼と彼の母親がすべて取り計らい、私には事前の相談も報告もなく、私に知らされたのは家出決行直前だった。だから不本意であっても、式を目前に控えて切羽詰まった状況の中、私には深く考えたり反論したりする心のゆとりもなければ、尻込みをしている時間の余裕もなく、彼を信頼して全面的に任せていた。

井川家の部屋を世話してくれた彼の先輩に当たる人が、今日夜半になって訪

ねてきて、

「あなたに対する彼の気持ちには熱いものがあるから心配ないが、彼が足繁くここに来るのは、世間体を考えたら彼のために良くないと思う。彼とも話し合って納得させたから、淋しいだろうが我慢してほしい」

と言った。

私は、その人の話を聞くだけで何も言わなかった。

私の中では家出イコール同棲で、彼と一緒に暮らせるのだと信じていたのに、彼が私の元に二、三日泊まっただけで世間体云々とは私にはまったく心外で、納得のいかない話だった。

それだけに、この先輩の説諭を安易に受け入れ反論もせずに納得したという彼の意気地なさと、その説諭を先輩という人から聞かされる私の心がどんなに傷ついたか。

この部屋を世話してもらった人とはいえ、私にすれば一面識もない人に予告もなしに踏み込まれ、説教めいた説諭を聞かされ、私の心は心底苛立った。

彼は母親からの差し入れ品をいろいろもらってきた。お米のほか、小鍋、急須、調味料等々、すぐに役立つ必需品がダンボール箱に詰められ、彼が提げやすいように大風呂敷に包まれていた。

それらの中味で私がとくに感銘を受けたのは、私が見覚えのある彼愛用のネルの寝間着が入っていたことだった。それは彼の母親が、二人の同棲を、そして私の存在を認めてくれた証なのかと思わないでもなかったが、彼の母親に対して不信感を抱いているだけに、素直には喜べなかった。

大量の荷物の中には彼自身が必要だったと思われるシェーバー、目覚まし時計、ラジオ、洗面具等々もあった。

そして彼は電気炊飯器も買ってきた。平素は人一倍体裁を気にする人だから、ずいぶん人目が気になったであろうに、こんなにかさ高い重い荷物を、しかも大衆の目を引く列車で運んでくれた彼。こんなにも私との生活を大切に思ってくれている彼に対して、私は有り難さとせつなさで胸がいっぱいになり、彼への愛をより強くした。

私が勤めていた頃は、二人とも親がかりで贅沢三昧に浪費しエンジョイしていたから、今のような倹約経済で娯楽のない暮らしでは、彼はいつまで我慢できるだろうか。彼がこんな生活から逃避したくなったらどうしようか。彼の心の内がわかるだけに、私の心の中に絶えず不安がつきまとっている。

家出人の身で親や世間から隠れて暮らす私ならば、鳥取の街に住む以上、身元を鮮明にしての就職は難しいだろう。誰も知った人のいない地で暮らすなら今すぐにでも仕事に就きたいのに、と、この地に住むことになったことがいまさらながら悔やまれてならない。

先輩に忠告されたからだろうが、それとも今の生活に我慢できなくなったのか、彼は連絡なしで数日帰ってきていない。

私はストレスが溜まる一方だが、寂しいからだけではなく、彼の身に良くないことが起きたのではと、不告な思いがよぎることもある。

駅に深夜着く最終列車の時刻まで、部屋の明かりを点けて彼を待つ。

夜汽車が駅に着くたびに、彼が帰ってくるのではと耳をそばだて、玄関が開くのを期待する。

そして、それが外れた時の悲しさと惨めさを、私は嫌というほど味わう。

私が彼との関係を公表できる立場であれば、ましてや家出人の身でなければ、たとえ数日彼の顔を見なくとも寂しい思いをするだけで、余計な取り越し苦労はしなくてすむだろうにとしみじみ思う。

それに加えて、私にとって不運なことは、家主の井川家に電話がないことだった。この時代、電話機を所持している家庭はまだ少なかった。

このところの自分を苦しめているイライラが何処から来ているものなのかは私自身にもわからない。精神状態が尋常でないことには気がついているが、自分としては性格的に弱い人間ではないつもりでいるから、ノイローゼにはならないと自負している。

自分たちのことをなぞらえて言っているのではないと思うが、彼は常々口にしている。

「愛があってもお金がなければ、結局夫婦の仲は破碇をきたすだろう」と。

彼は今まで、母親の庇護の元というより、母親に甘えっ放しで経済的な不自由を味わったことのない人だから、二人の今の生活状態では彼の我慢の限界が気になり、その言葉が胸に突き刺さっている。

親に背いてまで家出をして、彼の胸に飛び込んだことは微塵も後悔していないが、私の家出を母親と画策し誘導した彼自身が、「こんなはずではなかった」と悔やんでいるように思えてならない。

私は今夜も眠ろうと電灯を消してみたが、辺りが暗くなり静かになると余計に悲しみが増して、嗚咽が込み上げてきて止まらない。

間借り住まいの二階の部屋では思い切り大声で泣くこともできない。

もう間もなく日付が変わる。

今夜もまた遠くで、最終列車の汽笛の音が聞こえてくる。

彼が傍にいない夜、いつも耳につくあの物悲しい響きが気にならなくなるのは、いつのことだろう、晴れて彼と一緒に暮らせる日が来るのだろうか、と次から次へと悲観的なことばかり考える。この頃の私は考えに耽ったり溜め息をついたり、落ち着かない日々を送っている。

彼を信じていれば安穏に過ごせるはずなのに、彼に対する疑惑の思いは先頃から私の心に重くのしかかり、私の心を占めている。

それがはっきりとした形のある物でないだけに、余計に私を苦しめ、絶望的な不安に陥れるのだ。

彼は何事もなかったかのように四日ぶりに帰ってきた。

「花見をしよう」と言って、寿司折二人前と、片方の手には重そうに、そして窮屈そうにお米の袋を抱えていた。

彼はいつも仕事が終わるとすぐに高校に行き、野球部のコーチを引き受けていた。

遅い時間に疲れた身体で夜汽車に揺られて小一時間、鳥取まで帰ってくる。朝は六時に家を出て、一時間余りの列車通勤。彼がいくら若いといっても体力的にハードスケジュールのはず。彼はそれを私に愚痴ることはなかった。

彼の不機嫌さの要因はそこにあったのかとも思え、彼への私の配慮が足りなかったことを私自身悔いているが、今の私には相談する人もいない。孤独に苛まれ、虚無感に陥り、こんな状況の中では彼の苦しみを深刻に捉えるゆとりはなかった。

そして私はこの時、二人の気持ちのずれを痛感した。

二人の辿った愛の道程は平坦な道ではなかったはず。楽しかったことが山ほどあり、苦悩を味わった日々も多々あった。それを二人で乗り越え労《いたわ》り合って、やっとここまで来たというのに、親に背き周囲の人々を傷つけてまで貫こうとした二人の愛ではなかったのか。

私のことを一途に思い詰め、私と愛し合ったが故に大量の涙を流し、私と別れたくなくて自分のプライドも捨て、傷つき、愛の苦しみも味わった彼。

愛することの幸せと愛されることの歓びを、彼から教えられた私。

私が変わらず彼を愛していれば、彼も同様に私を愛し続けてくれるもの、と私は信じて疑わなかった。

私との情事の時、あんなにも私に耽溺する彼。

私が他の人と結婚すると聞いて悲しみ、それを阻止しようと相手の人に果敢に挑み、自らも傷つき悩んで我が身を擦り減らしていた彼。

そんな彼の真情に触れ、愛の尊さ切なさを知らされ、私はすべてを捨てて彼の胸に飛び込んだのだが、迂闊にも彼の温情に甘えすぎていて、終わりのない愛を過信していたようだ。

本社の先輩が再度私を訪ねてきた。私とのことで彼と話し合ってきたのだけれど……と前置きして、

「彼とあなたのことで世間の目が未だに集中していて、彼はあなたへの対処法に苦慮しているようだから、今はとりあえず実家に帰って時機を見て出直すのがいいいのでは……」

と、先輩は言った。

親を欺き世間に背を向け、後ろ指を指されながら暮らす身で、どの面さげて親の元で暮らしていけるのか。時機を見て出直すようにと言われても、いったい何を期待し、何の時機を待てばいいというのだろうか。

先輩の話は世間的な一般論で、彼と私のこれまでの因縁や経緯を、また家出

をしなければならなかった現実を知ったうえでの説諭だとすれば、この先輩の人間性に首をかしげたい。

同時に、先輩に私への説得を頼んだ彼に、私は不信感を強くした。取り越し苦労かもしれないが、今になって彼を信じられないとしたら、とても悲しい。「何が要因で心変わりしたの？」と彼を問い詰めてみても、「思い当たる動機はないし、僕の気持ちは少しも変わってないよ」と、彼は穏やかな口調ではっきり言った。彼の言葉に嘘はないとしても、私の受けたダメージは大きく、彼への不信感は修復できそうにない。今の私はすっかり自制心を失っていて、彼の言葉を素直に受け取れなかった。

私は苦しみの中で考えた。まだ彼からはっきりと別れを告げられたわけではない。絶望するのは早過ぎるのか。それとも、これから先の身の振り方を真剣に考えなければならないところまできているのか——と、私の苦悩は続く。

そんな私の心の動きを知ってか知らずか、彼はしばらく出張で留守をしていて久しぶりに帰ってきた旦那様のように、ぶらりと私の元に帰ってくる。私の懐疑心から彼を問い詰め苦しめたことなどなかったかのように、何の蟠《わだかま》りも見せず、上機嫌でご帰還だった。

そして二人は何事もなかった夫婦のように、情熱の限りを尽くして相手を求め愛し合う。

彼のやさしさは常々うれしく受け止めている私だが、彼の母親が関わった時などここぞという時の彼の甲斐性のなさには、強い反感と憤りを覚えることがたびたびある。

私の一生は彼の母親によって左右されたといっても決して過言ではないだろう。

彼は何事によらず母親に依存し逆らうことなく従ってきた。私はその都度、辛酸を舐めながら、彼が大切に思っている母親だからと愛する彼に追随してきた。

私は愚かにも、いつかは彼の妻として、彼の両親を義父母として仕えていこうと期待に浸っていたが、彼の気持ちが信じられなくなったこの頃、今のような孤独と宙ぶらりんの生活に耐えられない。ノイローゼになる前に、もちろん近々具体的にけじめをつけてほしいというのではなく、何年先になったとしても期待していていいものかどうか、これからの身の振り方について彼の両親に意見を仰いだ。

だが、藁にも縋る思いで助けを求めた私に示されたのは〝黙否〟という形の無視だった。

それは、世間から遠ざけられ今のような暮らしをしている私に関わりたくないと思う彼の両親の卑怯で深謀遠慮な気持ちの表れからであったと、私なりに推察できた。

一方では、私のこの必死の哀願も彼の母親の手で握りつぶされ、彼や彼の父親の目には触れることはなかったのではないかと、彼の母親に対する疑念も拭い切れない。私はそんな自分の境遇が無性に辛く、悲しく、腹立たしかった。そして「私をこんな環境に追いやったのはいったい誰よ！」と恨み言を言いたかった。

それでも、こんな運命になったのも自業自得だと思えば、自分の命は少しも惜しくなかった。

死に場所を求めて泣きながら鳥取の街をさまよい、あの世への道へ招いてくれる人も、背後から押してくれる人もないまま、死の淵にぼんやりと佇む私。

「そんな死に方をして、僕を苦しめないでくれないか」
と、諭すように言う彼の声が何処からともなく聞こえてきて、その瞬間、私は死ぬことをためらった。

私が今おかしな死に方をしたら、彼に非難の目が向けられるだろう。今、私故に苦しみを味わっている彼をこれ以上傷つけ苦しめてはいけない——この思いが私を死の誘惑から引き戻した。

彼が平気で別れを口にするほど不誠実な人でないことは、私自身がよく知っている。だから彼の幸せを願うなら、彼を私から解放してあげよう。私のほうから彼の元を離れることにしよう、と私は真剣に考えた。

彼の母親が二人の婚約を破棄してきた時、私は彼と別れることを内心決意していた。だが、縋りつくような彼の涙に負けて、彼から離れられず、挙句、彼の愛と情熱に引きずられて家出をして、彼の胸に飛び込んだ。

家出自体に後悔はないが、ただこの頃、彼への苛立ちが拡大しているのが自分でも気になっている。

私にとって悔やまれるのは、いくら自分の知らないところで計画されたことはいえ、家出先が鳥取だったこと。彼の母親が介入していたこと。彼だけが私抜きでエンジョイしていること。私の行動範囲が限られていること。

どれを取っても私の不幸の元凶だった。

確かに彼の口から別れの言葉が出たこともなければ、愛想尽かしをされたこともない。それゆえ二人が別れたとしても、彼は自分のほうから私を捨てたつもりはないと言うだろう。

このまま彼と同棲を続けていれば、どちらも不幸になるだろうと私は考えた。

彼を自由にしてあげるために自分から身を引くと言えば聞こえはいいが、彼と心が通じ合わなくなっては、たとえ身体の繋がりがありその行為が真剣であったとしても、心が他所を向いている人の傍では一緒に暮らせない。私はそう思うようになった。

加えて彼自身の人間性に対する信頼度が私の中で薄れてきたこと。さらに、何にも増して、彼の母親に対する私の嫌悪感の増幅。

親を欺き世間に背いてまで愛に生きようと思ったなら、二人にとって縁もゆかりもない遠い知らない土地で、もちろん彼の母親の目の届かない地で、たとえ経済的に苦しくても精神的にゆとりの持てるのびのびとした暮らしがしたかった。

だが、その願望は彼の母親の介入によってことごとく絶たれた。

彼の母親は自分の歪んだ愛が息子を不幸にしていることに気づかない。

彼のことを意識して忘れようとするから、気持ちの中に摩擦が生じて雑念が入り込む。別れるのではなく、彼から離れるだけだと思えば悩みも軽くてすむのだと、私は思うことにした。

私の心には、もはや彼と離れることへの躊躇も逡巡もなかった。

ここまで来た以上、もう引き返すことはすまい！

大阪の友人に頼んでおいた住まいと就職先も目途がついた。

たくさんの友人がいて、学生時代を謳歌した倉吉。彼と出会って愛し愛され、楽しく幸せな日々を送り、私の人生を運命づけたともいえる倉吉の街。

束の間ではあったが、彼と同棲らしき暮らしをしたこともある鳥取の街。

彼と愛し合ったが故にこの二つの街を去ることになった私だが、彼を愛したことは微塵も後悔していない。
彼への伝え切れない思いを残し、彼への未練を引きずりながら、寒い心に想い出だけを抱いて、彼の元から逃れるように故郷を後にした。

夜の駅に見送ってくれる人もないままに、駅の雑踏から身を避け、明かりに顔を背けながら改札口を抜けた。
後になって人から聞いた話では、私が同意を得ずに彼から去ると決心した気持ちが彼には理解できず、自分から離れていく私が恨めしかったらしい。私を引き止めるのは彼のプライドが許さなかったようだが、私が大阪に発つ夜、駅の物陰でそっと見送ってくれていたそうだ。

私は走り出した列車の窓から倉吉の街に別れを告げ、鳥取の街の灯も遠ざかる頃、一気に寂しさが込み上げてきて、彼の元に戻りたい思いを懸命に振り払った。

山陰線の夜行列車は黒い煙を吐きながらトンネル内をゆっくり通過していく。列車が大阪駅に着くと、早朝にもかかわらず、私の上阪に尽力してくれた友人がホームまで迎えにきてくれていて、私の緊張感は一度に緩んだ。慌ただしく上阪した私のために、友人は取り急ぎ、自分の家の近くにある民家の離れの一室を借りてくれていた。

友人の御主人のＣ氏も倉吉の出身で、私の実家のこともよく知っていて、私のこのたびの上阪に当たっても御夫婦ともども快く受け入れてくださった。就職先もＣ氏が世話してくれて、さっそく翌日、面接に連れていってもらった。

簿記と珠算の資格が役立ち、文字と計算も確かだと認められ、面接の結果は諸条件で合意に至り採用されることになった。

今日からは、この大阪で傷心を抱いて一人で生きていかねばならない。

彼との別離を決心する前は、彼を失う悲しさで夜もすがら動哭し続けた。

あの時流した涙で、私の涙は涸れた。

以来、私は泣かない女になった。

流す涙は乾いても、私に悲しいことがなかったわけではない。感情が昂《たかぶ》っても表面に出さず、無感動を装う冷静な女になった。

可愛い女、甘える女を演じて泣いて縋っていたら、彼を失わずにすんだだろうか。下手な意地を張らずにしがみついてでも彼を離すべきではなかったと、今になって後悔しないでもない。

愛する人と別れるのは辛く、見守るだけの愛がどれだけ辛く空しいことなのかを、私は実感している。

二人の愛は激しく、そして波乱に満ちた道程だったから、予期せぬ以上に早く燃え尽きたのだろうか。

私の中では情念の炎がまだ燻《くすぶ》り続けている。

行き場のない思いが空回りして、未練となって私の心を押し潰している。

たとえ永遠に情念の炎が燻り続けるとしても、私は無理に消そうとは思わない。むしろその温もりが愛おしいとさえ思える。

五　愛の終止符

彼の元から去ったあの時、私はこれから先も彼と会う機会を持つだろうと感じていた。その予感が的中し、私が上阪して一か月程経ち、大阪生活が落ち着いた頃、彼が約束もなしに会いにきた。

私たちは憎み合って別れたのでも、お互い愛想を尽かしたわけでもないし、また二人とも別れることを納得し了解したつもりもない。ましてや別れの言葉を交わしたわけでもないから、たまにせよ、こうして二人で会うのは自然の成り行きというか、二人の切れないえにしのせいだろう。

二人で何度か大阪で会い、逢うたびに情事を重ねたが、彼には以前あれほど私を包み込んでくれた細やかな愛情も誠意も感じられず、いつも空虚感だけが私の胸に残った。

二人が幸せに過ごしていた頃は、私が見詰める視線の先にはいつも彼の愛があり、彼が差し出す手の先にはそれを待ち受ける私の愛があった。

あんなに強く結ばれていた絆も、あうんの呼吸で通じ合っていた心の糸も、離れて暮らせばほどけてしまうものなのかと、取り戻せない愛の日々を懐かしみ、そのたびにせつなさを味わっている。

それは取りも直さずあの当時の二人は真剣に愛し合っていたからこそ、愛し合う男女のすばらしさを実感できたのだと当時を偲《しの》び、今の境遇を嘆く気持ちにさせられている。

二人で愛し合ってこそ、情事の喜びもすばらしさも生まれるというものか。

私たちが別れて三年が過ぎた頃、彼が結婚したことを知らされた。

経済的に母親に負い目のある彼は、母親に強要されて逆らえなかったと聞いた。

あの時、私は彼の幸せだけを願って身を引いた。その結果として、彼がいずれは私以外の人を結婚の対象として求めるであろうことは覚悟していた。だからその結婚で彼が幸せになるのならと、私の心に動揺がなかったといえば嘘になるが、大きなショックはなかった。

彼とは六十億分の一の奇跡で巡り合い、短い間に筆舌に尽くせぬほどの喜怒哀楽を味わった。彼のために流した涙も半端じゃなかった。

思えば私は運命に翻弄されながら懸命に突っ走ってきた。意地も張り通して生きてきた。

これが私の運命とはいえ、私のこれまでの一生は、彼と彼の母親によって左右されてきたといってもあながち過言ではないだろう。

一度は捨てようとしたこの命。

彼の将来に傷がつくことを危ぶみ、捨てることもできなかったこの命。

死ぬにも死ねず、彼に甘えることもできないまま生きていく逞《たくま》しさも、私は日を追うごとに少しずつ身につけてきた。

ともあれ、私は今自分の人生を振り返ってみて、「彼を一途に愛し続けてきて悔いのない人生だった」と、胸を張って言える。

今こそ、彼に寄せてきた私の愛の心に終止符を打つことにしよう。

ここ数年間の大阪生活でさまざまな人と出会い、各々交流を持って人生勉強をさせてもらった。

職場、友人、そして環境にも恵まれ、大阪の風は私に温かく吹き、すべてにうまく順応することができた。お陰で今日までホームシックにかかったことはない。

一人暮らしだからこそ成し得た通信教育での知識と教養も、それに伴う資格も、私なりにいくつか身につけることができた。あの時、故郷で平凡な結婚をして住みついていたら、これらの貴重な学歴や資格は取得できなかっただろうと、負け惜しみでなく思っている。

私がここまで弱音を吐かずに生きてこられたのも、生来の意地っ張りのお陰だろうか。私の生活能力を評して、「あの子は強い」と、母が漏らしていたと聞かされたが、喜んでいるのか嘆いているのか、母の本音はわからない。

ともあれ、親に背いて償い切れないほどの心配をかけ苦しみを与えた私だから、今になって自分が苦しいからと親に泣きつくようなことはしたくないし、もちろんその気はない。

両親も年を取った。独り身の私のことが気がかりらしいから、安心してもらうためにも、私が身を固めることを真剣に考えよう。

完

著者プロフィール

小川 久美加（おがわ くみか）

1935年生まれ
鳥取県出身、和歌山県在住

母親の偏愛は息子を不幸にする

2025年2月15日　初版第1刷発行

著　者　小川 久美加
発行者　瓜谷 綱延
発行所　株式会社文芸社
〒160-0022　東京都新宿区新宿1－10－1
電話　03-5369-3060（代表）
03-5369-2299（販売）

印刷所　TOPPAN クロレ株式会社

ISBN978-4-286-26197-3